(Dupont) Les frères d'armes

LES

FRÈRES D'ARMES

I

L'OBLIGEANCE DU BATARD DE MONFLANQUIN

II

LA REVANCHE DU MARQUIS FRIEDRICH

Ægri somnia

PARIS
IMPRIMERIE JOUAUST

RUE SAINT-HONORÉ, 338
—
1865

PROLOGUE

Seigneur, Seigneur mon Dieu, prenez pitié de nous,
Car vous êtes CELUI qu'on adore à genoux,
    Et pour qui tout cèdre est brin d'herbe ;
CELUI que le glacier tout bas nomme à l'aiglon ;
CÉLUI dont l'autel pur fume au fond du vallon,
    Comme au sommet du mont superbe.

MOI, qui suis si petit auprès de vous, GÉANT,
J'ai, devant vos splendeurs, admiré mon néant,
    Et dit (car je cherche la cause) :
Si l'Être doux et fort qui fit le Mont-Perdu,
M'a dans la vie aride un moment suspendu,
    C'est pour y faire quelque chose !

Je n'irai pas la nuit comme fait le chacal ;
Je ne ramperai pas dans les sentiers du mal,
    Comme fait l'adroite couleuvre ;
Je ne pillerai pas comme font les vautours ;
Non. Je chanterai Dieu sur le sommet des tours.
    J'accomplirai toute mon œuvre.

Le souffle du Dieu fort remplira mon clairon.
Mon vers châtiera ceux qui courbent leur dos rond
    Devant les rois et les infâmes.
Je triompherai, seul, de tous ces triomphants.
Mais je resterai doux pour les petits enfants,
    Et tendre pour les faibles femmes !

Et quand j'eus dit cela, l'abîme noir et sourd
Qui vit passer jadis le Kalife Almansour,
    Quand il poursuivait Charlemagne,
Fit un signe de tête aux pics du Marboré,
Et leur dit : « Écoutez. Cet homme est inspiré,
    « Et l'esprit de Dieu l'accompagne ! »

Août–Septembre 1864.

L'OBLIGEANCE DU BATARD DE MONFLANQUIN

I.

Le Ravin de l'Essera.

Friedrich dit le Poilu, sévère et dur baron,
Marquis de Paderborn et viguier d'Oloron,
Est aplati. Ce preux gît sous une avalanche
Qui vient de s'écrouler sur lui. Froïla-Sanche
Lui criait : « Prenez garde ! » Il n'a pas entendu,
Car il est un peu sourd, et cela l'a perdu.

C'est au bord du torrent l'Essera que la chose
Est arrivée, au pied d'un mont farouche et rose.
L'ours montagnard qui vit sur le pic du Maupas,
Grave, et clignant ses yeux malins, à petits pas,
Est rentré, ce soir-là, très-joyeux dans son antre.
Il a vu de loin l'homme étendu sur le ventre ;

Et, secouant sa patte où pendent des glaçons,
Il a flairé son ourse et léché ses oursons,
Et dit : « Bien ; mon cousin le loup a sa pâture. »

Friedrich gémit ; le poids est lourd ; la terre est dure.

II.

Qu'un port n'est pas toujours un port.

C'est un chevalier brave et très-religieux.
Il est fils d'Yseult d'Este et d'Ulrich l'ennuyeux.
Il brûla, quand sa barbe encor n'était que grise,
Clermont, Sos en Gascogne, et Deventer en Frise.
Sa selle fut son lit. Nul ne l'a connu las.
Ce montagnard pilla le plus de pays plats
Qu'il put. Il débouclait très-rarement son casque.
Il tua six vingts chefs saxons, et le roi basque
Eliçabide. Il prit Pérouse et Foligno,
Quand Didier, loup, ayant mordu le pape, agneau,
Charlemagne, Empereur au pied de roi, Patrice,
Le loup mort, du mordu guérit là cicatrice.
Maintenant, c'est la guerre en Espagne ; il y va.
Roland et tous les pairs passent par l'Alava.
Lui, prend par le Comminge, et le sentier très-rude

Des ports aragonais.

        Mais la montagne est prude.
Elle est bégueule. Elle est pucelle, et ne veut pas
Qu'on la viole ; et qui chiffonne ses appas
De granit, ou flétrit ses seins de neige blanche,
Risque d'être étouffé sous sa jupe avalanche.

Donc, Fritz étouffe.

        Et par les claires nuits d'été,
Dans son lit thébain, d'or et d'ivoire incrusté,
Lascive, et sa peau mate effrontément rasée,
Cléopâtre, sans voile, était moins écrasée,
Quand sur elle le porc Antoine se vautrait,
Que Friedrich, sous son tas de neige. On le tirait
Des pieds, des mains. Chacun s'y mit, tous y poussèrent.
Bah ! chimère, efforts vains. Trois comtes s'y cassèrent
Deux ongles, et le duc de Gothie affirma
Que ce bloc pesait plus que la duchesse Emma.
Râle et cris. Sur le front que la visière cache,
La foudre Apoplexie a mis son noir panache.

L'aumônier Platon dit : « Le corps, c'est la prison.
La mort délivre. Donc, faites votre oraison,
Très-cher sire ! »

III.

Un passant.

Et voilà sur le pic de la Glére,
Qu'un aigre oliphant sonne, et sonne. Une bannière
Dessine sur le ciel noir son paraphe d'or.
Un gros d'archers descend de l'abîme. Et le cor
Sonne toujours. Et puis, derrière eux, sur la crête,
Saute un grand chevalier, masqué, le pot en tête,
Dont la côte est brodée aux armes de Moncuq (1),
Il porte, avec la barre, un pal sur son écu,
Et ces six mots autour : « MALHEUR A QUI S'Y FICHE. »

Il dit d'un ton courtois : « Je suis Raimond Cadiche,
Et je viens vous tirer de là, car il est tard. »

(1) Il est à peine utile de rappeler aux personnes un peu familiari-
sées avec nos origines nationales, que Moncuq se prononce comme
s'il n'y avait pas de q. L'auteur prend la liberté d'espérer qu'il vien-
dra un temps où l'on ne sera pas obligé d'expliquer dans une note
comment se prononcent les noms les plus légitimement respectables
de notre histoire.

IV.

Qui était ce passant.

Ce n'est pas le premier venu. C'est le bâtard
De Monflanquin. Il a le droit des Vingt-Pinasses,
Sur toute nef de mer qui remonte les passes
De Dordogne, depuis Bourg jusqu'à Saint-Loubès,
En qualité de comte-abbé du Bec d'Ambès.
On sait qu'il est Moncuq par le ventre, sa mère
Étant Cona de Vich. Lupus est son beau-frère :
Mais ils sont brouillés. Charle, effroi des durs Saxons,
Ayant ployé le chêne Hunold, duc des Vascons,
Et bâti, pour punir le Bordelais qui grogne,
Le fort Franciacum sur le fleuve Dordogne,
Tenait un jour sa cour plénière, sur le mont
De Cubzac, au château des quatre fils Aymon.
Cadiche vint à lui, dans ce donjon salique,
Pour lui jurer hommage et foi, sur la relique
De saint Fort. Ce Gascon plut au maître. Pourquoi ?
Parce que. Dame ! on plaît, comme on déplaît, au roi,
Pour rien. Donc, quoiqu'il fût de la duché conquise,
Le sachant noble, et né bâtard d'une marquise,
Le roi Charlemagne eut pour lui beaucoup d'égards,
Et le fit Pro-Préfet des Mille Archers Lombards.

Quand vint la guerre avec l'Émir de Saragosse,
Étant de l'avant-garde, il fut prié de noce,
Et partit des derniers, comme c'était raison,
L'empereur ayant fait une combinaison,
Par quoi, manœuvre habile autant que singulière,
Les gens de l'avant-garde allaient toujours derrière.
Tout est hasard. Il a joint Friedrich. Il a lui
Comme l'espoir. Il est l'archange. Il est Celui
Qui sauve. Il fait le tour de la neige. Il combine,
Il est l'ingénieur qui prépare sa mine.

V.

A quoi peuvent servir Mille Archers Lombards.

Il dit au centenier Cibo de Canossa :

« Nous serons Jupiter, Cibo, pour cet Ossa.
La flèche vaut la foudre. Or çà qu'on se dépêche !
Bons archers, broyez-moi la chose à coups de flèche.
Pardieu ! la cible où vous tirez, visant ou non,
Ne s'appelle plus cible ; Écumoire est son nom.
Vous chassez les barons à tir ; ce sont vos lièvres.
Vous mariez la flèche amoureuse et les lèvres
De la blessure, et c'est le baiser frémissant
Où, si la langue est fer, la salive, elle, est sang !

Or, ce marquis, à plat ventre sous cette masse,
A l'air d'une tortue avec sa carapace.
Hérissez-le de tant de flèches, mes soudards,
Qu'il semble un porc-épic armé de tous ses dards !
Mille trous là-dedans. Deux pouces entre chaque,
Et va ! »

      « Fils, dit Friedrich, le tirant par sa jacque,
S'ils m'éborgnaient, dis donc ? »

      L'autre répond :

        « Tout beau !
Un bouclier s'appelle en grec Aspis ; Umbo
En latin, ou Scutum, qui paraît préférable
A des clercs très-savants ; mais le cas est niable.
Moi je serai Scutam, Aspis, Umbo. Touché,
Ce n'est pas toi, c'est moi, qu'on tue. Un bon marché
Pour la mort. Troc d'un vieux contre un jeune. Es-tu bête !
Crois-tu que je puisse être, ô grand soldat honnête,
Entre la mort et toi le courtier du tombeau ?
J'eusse aimé mieux porter d'Agen à Moncrabeau,
Sans boire, et devant tous mes serfs, un juif très-sale,
Que d'avoir l'âme lâche, à ce point, et vassale !
J'ai dit : je me tiendrai devant toi. Vous, messieurs,
Tirez partout. Surtout, ne tirez point ailleurs ! »

Rouets qui grincent. Bruit des arcs qu'on bande. Attente.
Silence. Cliquetis des doigts sur la détente.

Les flèches de traits noirs hachant le couchant roux ;
Et comme un crible énorme étincelant de trous,
Cette neige éventrée, et brisée, et souillée,
Par mille dents de fer avec fureur fouillée !

Le Gascon, qui disait : « Quels adroits tireurs j'ai ! »
Comme ils tiraient sur lui, ne s'est pas dérangé.
Ami de l'arc, il n'en a pas peur ; mais il rêve.
Car il faut, ce qu'il a commencé, qu'il l'achève.

VI.

Nopces dans les antres. Festins dans les aires.

Oiseaux ignobles dont l'aile est ronde ; milans,
Buses, vautours, corbeaux noirs, qui vivez mille ans ;
Chats des bois, loups du val effrayant de la Frèche ;
O vous tous les mangeurs de chair qui n'est plus fraîche !
Dites-nous qui vous a préparé ce festin,
Puisque vos crocs seront rouges demain matin,
Et que vos becs, fouilleurs de charogne, et vos serres,
Iront, traînant dans l'air des franges de viscères !

C'est qu'on égorgea là cent mulets de Loudun.

VII.

Les mulets ont beaucoup bu.

Voici :

Le Pro-Préfet vient de s'aviser d'un
Moyen sûr, que, plus tard, l'histoire étant peu lue,
Crut avoir inventé Bernard Plante-velue,
Duc, l'un des trois Bernard, une nuit qu'il gela
Très-fort, comme il passait le col Litayrola.

Quel moyen ?

Il a dit au chef muletier : « Faites
Boire vos mulets. Puis, saignez les pauvres bêtes. »
Donc leur flanc est la gaîne horrible des poignards.
Et c'est atroce ; et l'ombre est dans leurs yeux hagards.
Les bras troussés, comme un boucher qui taille et scie,
Chaque homme, en y fouillant, arrache une vessie
Chaude de la chaleur du mulet qui râla.
Puis, Platon, aumônier, ayant béni cela,
Dans le grand bloc de neige, inondé d'outre en outre,
Comme des Œgipans joyeux, vidant leur outre,
Chacun vide des flots d'urine. Et mille trous
Blancs, que la liqueur brune emplit, s'effondrent tous,

Et ne font plus qu'un. Tout se confond. Tout s'écroule.
Le fleuve Dégel, dans la mer Débâcle, coule.
Où donc ce tas a-t-il passé? Dans ce marais.
Le dos du preux surgit d'abord.

        Le reste après.

Il est comme l'écueil Cucurlon, à l'entrée
Du fleuve Adour, à l'heure où la basse marée
Laisse à nu les rochers que le flot va quittant.
Il est gluant, visqueux, ruisselant, dégoûtant.
Il dit au bâtard : « Çà viens, baron, qu'on t'embrasse! »

L'autre répond :

        « Seigneur, c'est une grande grâce ;
Mais il serait plus sage, avant, de vous sécher. »

VIII.

Le Colossal entrevu dans le Fauve.

Ils sont partis. L'ours rêve assis sur son rocher.

Les leudes chevelus du pays de Lothaire,
Sont comme leur forêt féodale. Un mystère
Inextricable. Un sombre et sourd fourmillement
De fauves. Loups, Urochs, Sangliers, Ours dormant ;

Unicornes qu'on voit, dans un rayon bleu, paître
L'herbe Silence au pied des grands bouquets de hêtre.
Meutes, piqueurs, cors, fuite à travers les halliers,
Du cerf de saint Hubert aux quatorze andouillers.
Des monstres. Je ne sais quoi d'entrevu d'énorme
Dans l'enchevêtrement feuillu d'un tronc difforme.
Et dans l'herbe, l'eau, l'air, l'arbre où la sève bout,
Mille bruits de rien qui sont le grand bruit de tout.
C'est la forêt, Lucus, ce qui luit sans lumière.

Tels bois, tels hommes.

                    Sous l'œil de Dieu, juge et père,
Dans leur grande âme inculte, où toute vertu croît,
Où le gui Préjugé s'attache au chêne Droit,
Les abois furieux des passions molosses
Font surgir vaguement des sentiments colosses.
L'amitié surtout fut formidable chez eux,
Douce pourtant. Le soir des combats hasardeux,
Cette chose naissait sur les champs de batailles,
Quand le sang de l'armure avait rougi les mailles,
Et quand les étriers des barons expirés
Battaient à vide aux flancs des chevaux effarés.

Siècle d'ombre ! où de sang les nations trempées
N'avaient d'autre lueur que l'éclair des épées.

Les frères d'armes vont, liés par le serment,
Côte à côte, la main dans la main, gravement.

Ces fiers jumeaux du glaive ont l'air d'un double apôtre.
Ils disent à la peur : « Tu nous prends pour un autre. »
Frères dans l'action, frères dans le sommeil,
Ils auront pour dormir jusqu'au dernier réveil,
Vivants, la même tente, et morts, la même tombe.
Et les moines pensifs, vers l'heure où la nuit tombe,
Viendront prier, à deux genoux, sur les pavés,
Où leurs deux noms, usés par le temps, sont gravés.

Donc, Cadiche et Friedrich devinrent frères d'armes.

LA REVANCHE DU MARQUIS FRIEDRICH

I.

Lumen, numen.

Le passant dit: « J'ai soif » Quiré pond : « Bois tes larmes ! »

La mer sable, splendide et morne. Le Désert.

C'est ici que David battit Hadahdeser,
Fils du vieux Réhob, roi de Tsobah. Ce roc sombre
A nom Samir. Là, gît, dormant son sommeil d'ombre,
Tollah, fils de Puah, qui fut fils de Dodo.
A gauche, c'est Kahmoun. Kahmoun est le tombeau
De Jayr, lequel eut, étant pasteur des plaines,
Trente fils qui montaient sur trente ânesses pleines.
Le désert est la page où le Seigneur écrit.

Qui vive? Est-ce un passant là-bas? Est-ce un esprit,
Qui vient, foulant sans bruit les herbes calcinées?

2

C'est le marquis Friedrich.

                 Il a cent dix années.
Son cheval Épicure est aussi vieux que lui.
N'importe. Il est toujours l'invincible ; Celui
Dont le paysan dit, quand il se met en route :
« Il a deux étriers ; l'un s'appelle Déroute,
Et l'autre Mort. » Il vient de Bagdad à présent,
Comme il viendrait d'ailleurs. Il rapporte un présent
Du Kalife. Pour Charle, Empereur et Patrice,
Les clefs du Saint-Sépulcre ; et, pour l'Impératrice,
Un singe vert.

              Ce preux farouche, étonnement
De tous, n'est étonné de rien. Pour le moment,
Étant géant, il s'est enfoncé dans l'Immense.
Il se met quelquefois à l'ombre de sa lance ;
Mais peu. Le Rayonnant aime le Flamboyant.
Ce juste n'a pas peur du jour, le grand Voyant.

C'est l'heure où le soleil a des rayons obliques.

Temps lourd.

II.

Le soir c'est quelquefois l'aube.

Friedrich ressemble aux fiers vieillards bibliques,
Phares dont l'éclair luit sur le passé lointain.
Superbe était leur soir, plus que notre matin.
    ans l'Éden chaste et nu, dont l'aube énorme est Ève,
    eur soleil se couchait comme un autre se lève.
Candeur, grandeur ! Troublé par le désir hagard,
Comme Abraham qui vint vers sa servante Agar,
Friedrich frissonne. Il a la sainte gaîté fauve.
Son âme a des cheveux blonds, si son crâne est chauve.
Sa mâchoire est sans dents, mais son cœur a grand faim.
Il bout. Il a cent ans. Il est très-jeune enfin.

Le soir vint.

        Près du puits où les chameaux vont boire,
Une fille bâillait en puisant une eau noire.
Ses yeux, charbons vivants, luisaient sous ses cheveux.
Il lui dit : « Veux-tu bien ? » Elle lui dit : « Je veux. »
Donc, il la prit en croupe, et l'emporta, contente,
Afin qu'elle dormît près de lui.

            Nuit.

            La tente

Est close. Les soldats gisent par terre autour.
Platon, un peu plus loin, est allé faire un tour.

Et les bergers rêveurs contemplent les étoiles.

III.

Il était temps.

Alerte. Pas dans l'ombre. On soulève les toiles
De la tente. Tumulte. Un gendarme n'ayant
Qu'un seul éperon, las, sale, affreux, effrayant,
Entre, s'incline et dit :

                   « Je viens des Sept-Bavières.
J'ai passé quatre mers, dix fleuves, cent rivières,
Et l'Hémus plus glacé que ce désert n'est chaud.
Des gens fort impolis m'ont mis dans leur cachot.
D'autres, d'huile bouillante et de poix m'ont fait oindre.
Il est très-malaisé, marquis, de te rejoindre.
Mais j'arrive. Et d'abord je vous salue. Et puis,
(A-t-on fait boire au moins mon cheval blanc au puits?
Étant un messager, je vous dis mon message.
Écoutez tous, marquis, soldats, vous aussi, page :
J'appartiens à monsieur de Moncuq. Or voici :
Ce preux gémit là-bas, quand vous riez ici.

Pendant qu'il courait sus aux païens des Bavières,
Dont Tassillon est duc — un gueux — ce sont des guerres
Pénibles — il a pris la peste. Ce vainqueur
Est vaincu. Quatre abcès le rongent. Oui, Seigneur,
La chose est triste. Il a toute espèce de lèpres,
Comme un lépreux. Le jour de Noël, après vêpres,
Voulant se confesser, il sentait si mauvais,
Que Vivilon, évêque, a dit : « Non ; je m'en vais. »
Tous ses archers sont morts, sauf un, Yorghi. Du reste,
On ne peut l'approcher sans gagner cette peste.
C'est pourquoi, mourant, seul, dans un coin, comme un chien,
Il t'appelle, et te tend les bras, et te dit : « Vien. »
Viens-tu ? »

       « Fils, dit Friedrich d'une façon civile,
Tu ne m'as pas nommé le nom de cette ville,
Pour qui la peste noire est un moins noir fléau
Que Vivilon, évêque et lâche. »

          « C'est Passau,
Où le Danube, avec l'Iltz et l'Inn, est bigame.
J'ai mis — quand je partais, ce vaillant rendait l'âme —
Trois ans en route. Donc, pour le trouver vivant,
Bon marquis, hâtez-vous ! »

       « Nous partirons avant
Le jour, répond Friedrich. Honte à ceux qui demeurent.
Les gens comme nous vont vivre où les autres meurent. »

IV.

La lame sauve l'âme.

« Vous êtes mon lion très-superbe et très-doux,
Dit l'enfant, et j'ai froid, seule. M'oubliez-vous? »

« C'est juste », répond Fritz avec la voix austère
Qu'a le sage pour ceux qui font mieux de se taire.
« Fille, allons! mets-toi nue. »

                  Et la vierge obéit.

Quand Souf-Souf-Souf alors, fille d'About-Béit,
Nue, eut fait resplendir dans l'ombre de l'alcove
L'irritante blancheur de sa peau brune et fauve,
Le vieillard dit : « Ce corps d'incube est très-parfait.
Certes, monsieur Satan fait bien tout ce qu'il fait,
Et la tentation que j'endure est très-forte! »

Les chacals aboyaient le long de la mer Morte.

Le dur baron, la main dans sa barbe, pendant
Six heures, resta là, couvant d'un œil ardent
L'inconnue. Et ses gens, s'appuyant sur leur lance,
Attendaient. Et Platon priait. Un grand silence.

Or, le vent libyen soufflait dans ce moment.
Elle dit : « J'ai bien froid »

          Et Lui, sourit :

                    « Vraiment ? »
Dit-il. Et d'un revers de sa très-lourde épée,
Il fit d'elle une chose en deux morceaux coupée.
Et le coup brusque fut si terrible et si droit,
Qu'il lui fendit le cœur, du ventricule droit
A l'oreillette gauche ; et sur le corps qui bouge,
Le sang de ses rubis égrena l'écrin rouge.

    Et Friedrich, essuyant la grande épée, a dit :
« Nous venons de jouer un bon tour au Maudit.
Allons-nous-en. »

                    V.

              Plein éther.

              Voyage étincelant et sombre,
L'homme Éclair, violant la grande nature OMBRE.
Ils sont partis. On fait ces rêves en dormant.
Ils sont emportés par un tourbillon. Comment ?
On ne sait. Leur allure est Problème, et Mystère
Leur route. Leurs chevaux, n'effleurant plus la terre,

Volent comme Hippogriffe, ou comme Alérion ;
Car deux grands saints, Gildas de Renne, Hilarion,
Ont, dans leur aile Foi, soufflé le vent Miracle.
L'aigle jaloux des monts, dont l'air est l'habitacle,
Effaré, dit : « Quels sont ces nouveaux venus-ci? »
Des peuples inconnus apparaissent, ainsi
Que des fantômes, sous leur œil visionnaire.
Ils allument leur torche, en passant, au tonnerre.
Ils planent au-dessus des cités, qui, le soir,
De mille feux tremblants brodent l'horizon noir ;
Et la foule, entendant leur dur clairon qui sonne,
Dit : « C'est le Jugement, et le Juge en personne! »
Et prie.

  Et les voilà déjà qui sont bien loin.
L'Himalaya leur semble une meule de foin.
Ils sont si haut, qu'ils ont pris pour un pâté d'encre,
Sans songer qu'un vaisseau pourrait y jeter l'ancre,
Le grand lac sombre Yar-Brok-You-Mtlisoh, près de l'Hassa.
Ils traversent des lieux très-célèbres.

VI.

Bêtise égale Bonté,

« Àh çà, »
Dit, vers Eribolum, qu'on appelle Héraclée,
Friedrich à son cheval, noble bête essoufflée :
« Voilà six mois, ami, que vous n'avez mangé.
Vos côtes sont un gril trouant votre peau. J'ai
Pitié de vous. Prenez un peu d'orge ou d'épautre. »

Le cheval dit :

« Je vaux bien l'âne d'un apôtre.
Je ne veux point manger, tant que nous n'aurons pas
L'un et l'autre, sauvé ce juste du trépas. »

Un crapaud, qui rêvait auprès d'une araignée,
S'écria, de sa voix clémente et résignée :
« C'est très-bien ; et je suis content de toi, cheval. »

Eux vont toujours, grimpant au mont, courant au val ;
Puis dans les champs, mer d'or dont les flots sont les gerbes,
Comme un serpent d'argent couché parmi les herbes,
Le grand vieillard Danube apparut un matin,
Sonnant sa trompe.
              On vit Passau dans le lointain.

VII.

**Où l'on voit pourquoi personne ne réglait
les horloges de la ville.**

Pas de nain aux créneaux. Pont baissé. Porte ouverte.
On entre comme on veut dans la cité déserte.
Pas une âme. Ceux qui pouvaient, se sont sauvés ;
Et les fers des chevaux sonnent sur les pavés.
Ils arrivent ainsi devant un palais morne,
Où le Néant s'accouple avec l'Horreur sans borne.
Sous le porche, où, dans l'ombre, on voit confusément
Des piliers lourds qu'écrase un chapiteau roman,
S'enroule un escalier sans fin, dont chaque marche,
Est le lit d'un cadavre effroyable. Et l'on marche
Sur des morts, qu'on enjambe en montant les degrés.
Avec leur robe noire et leurs bonnets fourrés,
Ce sont des médecins et des apothicaires.
L'un après l'autre, ils sont, doux, attentifs, austères,
Tous portant leur remède, allés dans cette tour.
Fatale, où Moncuq meurt : et voilà qu'à leur tour,
La peste, ogre à l'haleine infecte, les emporte.
Friedrich entre, et sous l'arc byzantin de la porte,
Voit rangés, tous en rond, neuf-cent-quatre-vingt-dix-
Neuf archers morts, vêtus de fer, debout, raidis,

Tenant un arc poussière entre leurs mains fantômes,
Yorghi, seul, lui millième, entre deux majordomes,
Respire encor, n'étant pourtant guère vivant.
Il tourne, au bruit que fait Friedrich en arrivant,
Son œil de spectre vers le paladin, bégaye
Un mot, et meurt.

              Le preux garde une face gaie
Et dit :

      « Nous leur ferons leurs obsèques demain. »

Sur ces morts bleus, jetés en tas dans le chemin,
Des vers géants, joyeux, rampent comme des hydres.
Aucun page ne songe à monter les clepsydres,
Car l'horloge des morts s'appelle ÉTERNITÉ !

Seul, dans un lit, par Yoss de Ratibor sculpté,
Où Libussa broda, reine, avec du fil jaune,
L'histoire de Vlasta, l'effrayante amazone,
Que Przémislas tua sur le mont Vidovlé,
Les yeux fixes, la bouche ouverte, échevelé,
Moncuq veille. Il est là depuis quatre ans. Très-sale,
Sa barbe fait six fois le tour de la gran l'salle.

Friedrich lui dit : « Comment vas-tu, gentil bâtard ? »

Lui, sévère, répond :

            « Marquis, tu viens bien tard ! »

L'autre songeait tout bas :

           « Pourvu que je le sauve ! »

VIII.

A triste évêché, joyeux évêque.

Or, Vivilon étant le lâche évêque fauve,
Sacré dans l'église ONBRE, en secret, par SATAN,
CELUI, quand le devoir parle, qui dit : va-t'en,
Estimant cette ville où l'on meurt très-funeste,
A fui dans sa maison des champs. Donc, que la peste
Tue, et qu'un peuple râle autour de l'évêché,
Lui, l'évêque, au milieu des roses est caché ;
Et le fleuve impassible et charmant, et des lieues
De coteaux, et de bois, et de collines bleues,
Lui font un abri plein de joie, où n'entre pas
Ce visiteur au pied indiscret, le Trépas.
Vaste gobergement ! jour joyeux ! nuit lascive !
LUXURE est concubine, ORGIE étant convive.
Les vins que ce prélat Vivilon, ivre, a bus,
Viennent des ceps plantés par l'empereur Probus.
Sa maîtresse en riant se coiffe avec sa mitre.
Lui, baise ses seins nus, disant : « C'est le pupitre,
Mais l'amour est le livre. » Il jure. Il sait des chants
Très-libertins, selon l'usage des méchants.
Il fête l'hôte OUBLI dans le château RIPAILLE.
La herse étant baissée, il a sur la muraille

Écrit ces mots : « DÉFENSE A LA PESTE D'ENTRER. »
Son goût étant de rire, il défend de pleurer.
Et si parfois un pauvre, en haillons, tête nue,
Suppliant, vient passer près du burg, on le tue.

IX.

Spiritus flat unde vult.

Le grand marquis s'était signé pendant ce temps.
Pour la première fois, il a, depuis trente ans
Qu'il chevauche, défait sa bonne lourde armure.
Maigre et nue, au grand jour, cette longue figure
Semble un spectre égaré qui cherche son tombeau.

Un page, en ricanant, dit : « Le vieux n'est pas beau. »

L'écuyer Darius, aimant beaucoup son maître,
Jette, sans dire un mot, l'enfant par la fenêtre.

Alors le Paladin, s'étant mis dans le lit
Du mourant, quand chacun d'épouvante pâlit,
Dit sa prière, calme, et d'une voix sereine :

« O saint Hilarion, et saint Gildas de Renne,
Expliquons-nous. Je suis vieux. Vous êtes des saint
Respectables, des saints sérieux. Mes buccins,

Quand ils sonnaient, faisaient plaisir à votre oreille.
Il s'agit, à présent, de ce mourant qu'on veille.
Voyez-vous? Il était très-gras. Ça fait pitié.
Ce baron est maigri de plus de la moitié.
Or, raisonnons. Cela n'est pas très-juste, en somme,
Que je vive, et que lui meure. C'est un jeune homme.
C'est à peine s'il a soixante-dix-huit ans.
Être fleur, et se voir faucher dans son printemps,
C'est dur. Dire qu'un bras d'aïeul jamais ne chôme!
Qu'il nous faut, vieux, coiffer l'armet, boucler le heaume
Et, quoiqu'on soit enfin le grave ancêtre las,
Des jeunes qui sont morts, faire la tâche, hélas!
Tenez. C'est un problème où la raison succombe,
Que le vieux aille en guerre, et le jeune à la tombe.
Je voudrais bien qu'Alcuin, savant, me l'expliquât.
Écoutez. J'ai mon casque, en bon or de ducat.
Je vous le lègue, afin qu'on dore votre châsse,
Lorsque j'irai dormir près de ceux de ma race.
Mais sauvez cet enfant qui tremble les frissons,
Et puis, moi, donnez-moi sa peste, et finissons;
Car il s'en va bien temps, à la fin, que je meure. »

Et l'on vit une chose étrange.

                    Au bout d'une heure,
Il sortit de Moncuq un vent, avec un bruit
D'abîme;

        Une vapeur faite d'ombre et de nuit,

Et dont l'odeur était l'odeur de quelque chose
Qui sent mauvais !

      L'effet meurt quand cesse la cause.
Donc, l'homme guéri pousse un soupir très-profond.
Cette vapeur courait en léchant le plafond,
Et chacun sur Friedrich croyait qu'elle allait fondre.
Mais soudain — souvent Dieu se plaît à nous confondre —
Elle se détourna du vieillard en rampant,
Et, par une fenêtre ouverte s'échappant,
Noire sur le ciel bleu, comme un brouillard de cendre,
Sur le toit de l'évêque elle alla droit descendre ;

Et sur le sol, cadavre avant d'avoir péri,
Ce qui fut Vivilon jadis, tomba pourri.

Un berger, Wolff, serf, vit, dans le gouffre des nues,
Un ange qui lavait avec soin ses mains nues.

L'ami par l'ami fut, de la sorte, sauvé.

X.

L'invisible visible au seul voyant.

Ce récit, copié sur vélin, fut trouvé
Dans Santa Gadéa de Burgos, par un prêtre
Muet, aveugle et sourd ; mais Dieu seul est le maître !
Ce fut le Saint-Esprit lui-même qui daigna
A Ponce, abbé de San Pédro de Cardeña,
Le dicter, un matin qu'il bêchait sous un arbre,
Sur les dalles de pierre usant leurs fronts de marbre,
Les vieux moines rêveurs étaient instruits souvent
Des choses qu'on sait peu, par Dieu, le grand savant,
Et lisaient dans l'extase, où notre raison sombre,
L'histoire vraie, écrite en grandes lettres d'Ombre.

Décembre 186. — Janvier 1863.

1136 · Paris, imp. Jouaust, rue Saint-Honoré, 338.

www.ingramcontent.com/pod-product-compliance
Lightning Source LLC
Chambersburg PA
CBHW061608180626
46818CB00005B/2001